AF340771

LETTRE

A M. LE DOCTEUR VIREY,

SUR LA SAISIE DE LA SECONDE EDITION

DE SON TRAITÉ DE PHARMACIE

THÉORIQUE ET PRATIQUE.

LETTRE

A M. LE DOCTEUR VIREY

SUR LA SAISIE DE LA SECONDE ÉDITION

DE SON TRAITÉ DE PHARMACIE

THEORIQUE ET PRATIQUE.

———

MONSIEUR LE DOCTEUR,

JE suis très-désintéressé dans la contestation élevée entre M. Hacquart, libraire-éditeur du nouveau Codex et vous ; mais je connais assez à fond le sujet de cette affaire remarquable, pour en parler.

Je m'étais procuré la première édition de votre *Traité de pharmacie*, 2 vol. in-8°, publié en 1811. J'y avais trouvé un très-grand nombre de formules, soit de l'ancien *Codex medicamentarius parisiensis*, que contenaient déjà tous les ouvrages pharmaceutiques de Baumé, de Morelot, etc., soit d'autres écrits sur la pharmacie, publiés en France et à l'étranger.

(4)

Lorsque l'ordonnance du Roi , en date du 8
août 1816, eut prescrit à tout pharmacien établi
de se pourvoir d'un nouveau Codex , et de s'y
conformer ponctuellement dans la préparation
et la confection des médicamens, sous peine d'une
amende de 5oo francs ; comme il était prescrit
de se conformer , sous les mêmes peines , aux
formules de l'ancien Codex , d'après un arrêt du
parlement de Paris du 23 juillet 1748 , je me
hâtai d'acheter ce nouvel évangile des Apothi-
caires : M. Hacquart eut mes 18 francs comme
beaucoup d'autres.

Je sais bien qu'on ne crut pas cet évangile sans
défaut ; et je lus, dans le journal de pharmacie,
mars et mai 1819, des remarques critiques assez
nombreuses sur plusieurs formules comme sur
la matière médicale : vous étiez du nombre des
criticans. M. Hacquart s'en souviendra , me
dis-je ; car j'ai coutume d'observer les hommes
de même que les drogues.

On annonça une seconde édition de votre
Traité de pharmacie, sollicitée depuis long-temps
par beaucoup d'élèves : je fus curieux de l'avoir
aussi l'un des premiers. Voyons donc ce critique
à son tour , m'écriai-je. Point de matière médicale cette fois. Cependant le Codex en a donné

une , et vous qu'on dit être fort en cette partie , avez manqué cette belle occasion de développer vos connaissances ; il semble , à la vérité , que vous n'y renoncez pas dans votre avertissement.

Bientôt je lus dans plusieurs journaux , que vous veniez tout exprès de publier un Traité de pharmacie , dans lequel vous aviez copié textuellement toutes les formules du nouveau Codex , et que M. Hacquart , éditeur de ce Codex , avait fort bien fait de saisir votre ouvrage.

Voilà qui devient intéressant, me suis-je dit, en me frottant les mains. Voyons un peu cette affaire, puisque j'ai une bibliothèque assez bien fournie de toutes les pièces de ce procès. Je trouvai que votre première édition contenait environ quinze cents formules ou *procédés divers ,* le Codex à peu près neuf cents , votre seconde édition près de deux mille deux cents , de compte fait.

J'observe que le Codex est obligatoire pour tout pharmacien exerçant , et qu'aucun autre ouvrage n'en tenant lieu , fût-il meilleur , il faut absolument acheter le Codex 18 francs. C'est une agréable propriété qu'un livre qu'on doit acheter sous peine de 500 fr. d'amende : cela conviendrait fort à des mauvais auteurs. M. Hacquart m'a donc paru se plaindre un peu légèrement. Il me répondra : j'ai payé 40,000 francs le manuscrit, sans compter les autres dépenses. Plus je vendrai seul, plus j'aurai de bénéfice ; mais il me semble que les gens qui ne sont pas obligés d'acheter votre Codex sont libres d'acheter d'autres livres sur la pharmacie, s'ils les trouvent bons, et qu'on ne peut pas empêcher désormais de publier sur cet objet , pour l'avancement de l'art, d'autres éditions de ces ouvrages (1).

Voyons , en effet, si le Traité de pharmacie et le Codex sont semblables. Malheureusement pour M. Hacquart, la seconde édition de votre ouvrage ne ressemble pas plus que la première au Codex, par l'ordre méthodique , par les développemens généraux , en tout différens de ceux qu'on lit dans le Codex ; en sorte qu'il est bien difficile d'imaginer la moindre imitation. Je vois dans le Codex une matière médicale , et vous n'en mettez point : vos modes de préparation , les remarques et explications de votre ouvrage, sont ceux de l'ancienne édition, et non ceux du Codex, qui montre une tout autre contexture et des classifications bien différentes. Votre ouvrage a-t-il conservé une marche et des principes qui lui sont propres, dans ses deux éditions ? Je serais curieux de connaître à cet égard le sentiment de M. Hacquart.

Quel est donc votre tort ? En effet, dès l'an 1811, vous aviez déjà admis environ huit cents formules dans votre Traité, qui se retrouvent dans le nombre des neuf cents qui composent le Codex. Vous le pilliez par avance, probablement comme tant d'autres. Les rédacteurs du Codex ne disent-ils pas dans leur préface, page 8 : *non pauca utilia ex scriptis* Baumé, Parmentier, Planche, Boullay, Robiquet, Cadet, Pelletier, Virey, Swediaur, *et aliorum excerpsimus*. Ces rédacteurs savent aussi que vous coopérez au Bulletin et au Journal de pharmacie, et ils disent avoir avalé ou bu beaucoup de choses (*plurima hausimus*) de ces recueils; il vous sera donc défendu nettement de reprendre vos formules avalées ou bues par le Codex. N'avez-vous pas eu l'insolence d'inscrire la thériaque d'Andromachus, médecin de Néron, le diascordium de Jérôme Fracastor, le laudanum de Thomas Sydenham, la liqueur de Frédéric Hoffmann, et plus de cinq cents autres *formules analogues, qui n'étaient connues de personne avant le Codex, comme on sait ;* ne les avez-vous pas pillées toutes audacieusement, avec une damna-

ble exactitude, dans ce nouveau Codex, dès votre première édition ? Je vois votre ruse, vous direz avec une feinte douceur que vous les aviez reçues jadis, comme tout le monde, de ces vieux docteurs. Dès que ces formules sont dans le Codex, vous n'y avez plus droit; car elles sont vendues ; elles deviennent ainsi propriété unique de quiconque les achète 40,000 francs. Vous n'y toucherez pas, ou l'on vous saisira. Pas de raisons. Aussitôt que ces formules sont incorporées dans le Codex, on n'en peut plus rien prendre. Vous-même, quand on vous a fait l'honneur d'emprunter *non pauca utilia*, vous ne pouvez plus reprendre votre bien. C'est désormais un ingrédient du Codex, tout comme les jujubes dans l'électuaire lénitif. Je voudrais bien voir Galien même réclamer aujourd'hui son cérat, et Garus, son élixir : vite, M. Hacquart les traînerait devant la police correctionnelle avec un réquisitoire.

Je vous fais grâce, dira peut-être avec beaucoup d'aménité cet éditeur, de quelques vieilles formules bannales qui pouvaient se trouver dans votre première édition, puisqu'elles étaient et sont restées les mêmes encore, et que tout le monde se mêle de les réimprimer. Mais vous avez pris, dans votre seconde édition, des formules qui n'étaient pas dans la première, et qui appartiennent au Codex.

Pour moi, j'étais tenté de le croire ainsi, et déjà je vous accusais, lorsqu'on me demanda, ces jours derniers, du *vin amer scillitique composé*, ou diurétique amer. Je n'en trouvai pas la prescription dans votre première édition, mais dans la seconde et le Codex, les mêmes. Toutefois, avant de vous tenir pour convaincu, et voyant que vous ne citiez pas le Codex (t. I, p. 383), je cherchai ailleurs, et je trouvai cette formule de l'hôpital de la Charité, exactement dans les éditions 2ᵉ, 3ᵉ et 4ᵉ du Formulaire magistral de M. Cadet, publiées avant le Codex; elle est sans doute également ailleurs.

Alors, je me mis à chercher toutes les prescriptions du Codex qui n'existaient pas dans votre première édition, en beaucoup d'autres ouvrages de pharmacie français et étrangers. Quel fut mon étonnement de voir qu'en effet le Codex n'avait point véritablement de formule qui lui soit uniquement propre; que les savans rédacteurs de ce Codex avaient choisi partout les meilleures, déjà publiées ailleurs; qu'ils les avaient soumises à l'examen, les avaient reconnues, quelquefois réformées, puis sanctionnées comme bonnes, et que l'ordonnance royale prescrivait de s'y conformer.

Alors, la question de contrefaction et de plagiat m'a paru tout autre. Si les formules du Codex existaient déjà hors du Codex, et avant sa publication, elles étaient le domaine public ou celui de leurs auteurs : chacun avait le droit de les employer, tout comme l'a fait le Codex; or, par quelle jurisprudence, me disais-je, le Codex interdirait-il à tout auteur qui traite de la pharmacie d'en faire usage? Je n'en vois pas du tout le droit.

Prenez-les ailleurs, dira M. Hacquart, et non dans mon Codex ; car si vous dites, *formule du Codex*, c'est dès lors la mienne. Je ne comprends pas bien ce titre que l'éditeur s'attribue sur une formule connue. De ce qu'elle a passé dans le Codex, cesse-t-elle d'appartenir à tout le monde? L'ordonnance royale prescrit-elle ce monopole de vendre seul une formule publique? Ne puis-je la prendre ailleurs, et indiquer qu'elle existe dans le Codex? Quoi, il serait permis aux rédacteurs du Codex de prendre de vos ouvrages *non pauca utilia*, et il vous serait défendu d'user de ces *non pauca utilia*, parce que M. Hacquart les a payés, non à vous. On a disposé de votre bien, et de celui d'autrui, sans que vous pussiez vous en servir! Cela m'a paru très-drôle.

Mais, répliquera M. Hacquart, celles des formules du Codex qui ont été modifiées par ses rédacteurs deviennent, par cette modification et bonification, une sorte de propriété. Par exemple, l'ancienne confection d'hyacinthe est devenue électuaire de safran réformé, et vous le citez, tome I, page 312 de votre seconde édition, comme venant du Codex : vous l'y avez donc pris, et vous vous êtes emparé d'une propriété aussi, qui est celle des rédacteurs du Codex. Je vous tiens; vous ne m'échapperez pas.

Ou je m'abuse étrangement, ou les principes généralement reconnus sur de semblables sujets sont tout autres que les prétentions de M. Hacquart, d'après des exemples de tous les jours. Ainsi, M. Vauquelin trouve un procédé chimique pour faire un beau vert sur la porcelaine, et il le publie : c'était la propriété de l'auteur ou de l'éditeur, nul doute; cependant chaque chimiste, écrivant sur le chrôme, ne manque pas de rapporter, avec plus ou moins de détails, le procédé de M. Vauquelin, et de le citer avec honneur. On fait de même partout, pour l'avancement et la propagation des sciences, sans qu'aucun y trouve à redire. On cite tous les auteurs qui le méritent ; et loin de s'en fâcher, ils sont très-mécontens de n'être point cités. On cite la Bible, on cite les lois, et permis à chacun de les rapporter tout au long.

Mais voici le singulier. Un seul livre jouit, dit-on, du privilége de ne pouvoir pas être emprunté sur les matières propres à ses auteurs. Ce livre fait loi, et il est ordonné à chacun de ceux qu'il concerne de le suivre ponctuellement, sous peine de 500 francs d'amende. Mais cette loi imprimée, on n'en peut pas détacher un ou plusieurs fragmens, même en une autre langue. Rien n'est plus sacré, et pourtant rien ne doit être d'un usage plus vulgaire que cette loi : copiez, si vous voulez, les lois les plus augustes ; mais respectez nos apozèmes et nos onguens. A la vérité, ce livre est fait dans l'intention de propager des connaissances utiles à l'humanité, mais c'est pour cela qu'il n'est pas permis de propager librement ces connaissances. Il vous sera loisible d'emprunter partout des formules autres que celles du Codex, d'induire même en erreur et médecins et pharmaciens ; mais pour celles du Codex, point du tout. Le gouvernement a chargé des professeurs de l'examen des meilleures prescriptions ; elles passent aussitôt pour être la propriété exclusive de M. Hacquart, qui s'imagine sérieusement qu'on ne doit mourir désormais que d'après ses ordonnances.

Si ces principes pouvaient être consacrés, il en résulterait des choses très-singulières. On ne pourrait plus désormais écrire sur la pharmacie; car il est évident que le Codex donne des principes généralement admis, et qu'on les dirait extraits de ce Codex, ce qui serait vol, plagiat, contrefaction.

Ensuite, il vous est enjoint de suivre le Codex, mais, dit M. Hacquart, sans rapporter ses prescriptions : si vous écrivez autrement que le Codex, vous sortez de la règle prescrite; si vous écrivez comme lui, vous voilà coupable. Si l'on publiait le Dictionnaire de l'Académie, l'auteur d'un Vocabulaire aurait-il la permission d'insérer, dans sa nouvelle édition, les termes admis par l'Académie, et devrait-il s'en abstenir par cela même que les académiciens ont jugé à propos de les employer? Faudrait-il que les autres dictionnaires fussent éternellement incomplets pour laisser toute suprématie à un seul ?

Je voudrais bien voir le brevet d'invention d'une formule d'un rédacteur du Codex, pour en assurer la possession exclusive à M. Hacquart.

N'est-il permis qu'au Codex d'améliorer les prescriptions médicamenteuses? A-t-il le monopole de la science, et quand il l'a prise ailleurs, comme il l'avoue, de quel droit se l'approprie-t-il lui seul?

J'ai remarqué qu'en traitant des pilules mercurielles, du sirop de violettes, et de grand nombre d'autres formules, vous réformiez aussi, et avec quelque raison le Codex ; on voit que vous avez tiré parti des critiques qu'on en a faites. Certes, vos formules ne sont pas toujours en conformité avec les siennes.

Si l'éditeur du Codex réclame des dommages et intérêts, ne pourrait-on pas en demander pour toutes les choses dont ce Codex s'est emparé, de son aveu même, des autres auteurs?

Il me semble donc facile à démontrer,

1° Que votre première édition contenait, en 1811, la plus grande partie des prescriptions pharmaceutiques et chimiques admises dans le nouveau Codex en 1818 ; 2° que vous aviez le droit incontestable de les conserver dans une seconde édition ; 3° que les réformes faites et publiées par le Codex, dans ces formules, sont devenues, comme tout autre ouvrage de science, du domaine public, *publici juris*, puisque les auteurs qui veulent conserver la propriété d'un procédé , loin de le mettre au jour , le tiennent secret , et prennent un brevet d'invention ; 4° que vous , comme tout autre, avez le droit d'employer en vos ouvrages ces formules , en citant d'ailleurs leur source ; et en les traduisant même en une autre langue ; 5° que, quand il y aurait des formules nouvelles, appartenantes au Codex originairement, elles sont livrées au public afin d'en faire usage , de les critiquer où réformer même , s'il est nécessaire, pour l'avantage des sciences; 6° que votre seconde édition est évidemment la même , au total , que la première , sauf les additions et les corrections, ce qui ne peut constituer aucun délit de contrefaction ; 7° que, de toutes les formules du Codex contenues dans cette édition , les sept huitièmes et plus étaient déjà dans la première ; que la plupart des nouvelles existent ailleurs que dans le Codex, et avant sa publication ; et que le petit nombre des réformées que vous avez admises sont devenues du domaine public, comme tout autre procédé de science ou d'art ; 8° enfin, que vous avez corrigé et réformé aussi le Codex en plusieurs points, et que votre ouvrage est tout différent de celui du Codex.

Si tous ces faits sont notoires et prouvés , les éditeurs de votre Traité de Pharmacie ont donc été lésés par l'action de M. Hacquart ; et sont fondés à demander des dommages et intérêts contre lui.

J'ai l'honneur, etc.

PHILOTIME ,

Pharmacien établi.

---

(1) Le *Codex medicamentarius* est pour les pharmaciens, ce qu'est le Code civil pour tous les citoyens. Le gouvernement a chargé des légistes et jurisconsultes de faire celui-ci , et des professeurs de la faculté de médecine de faire celui-là. On a choisi partout ce qu'il y avait de meilleur , dans les ouvrages sur ces matières, soit en France , soit dans l'étranger. Le gouvernement ne reconnaît que l'édition du Code civil , sortant de ses presses, comme légale et obligatoire devant les tribunaux ; mais laisse à chacun la liberté d'écrire sur ce Code , d'en citer toutes les dispositions, de les commenter, réimprimer même textuellement. De même, le gouvernement ne reconnaît comme légale que l'édition sortie des presses de M. Hacquart ; elle seule étant obligatoire, il en résulte une vente forcée, et un bénéfice que le gouvernement a pu concéder ; mais puisqu'il prescrit à tout le monde de se conformer à ce Code , il faut donc que tout le monde soit libre d'écrire sur ce Code , d'en citer toutes les dispositions , les commenter, les traduire , etc. , tout de même que pour le Code civil. La matière d'un Code est une loi , et ainsi une propriété publique , pour l'utilité générale ; mais telle ou telle édition devient seulement propriété particulière , et sitôt qu'elle est couverte par l'obligation d'être achetée , comme seule légale , cette propriété particulière est assurée contre toute autre incapable de lui être légalement substituée. Le gouvernement laisse donc à cet égard une entière liberté de travailler sur tous les Codes pour le bien universel , l'avantage de la législation et le progrès des sciences.

www.ingramcontent.com/pod-product-compliance
Lightning Source LLC
LaVergne TN
LVHW020106070726
842525LV00018B/2017